# ミニシアター

*mini theater*
*Motoko Miyamoto*

宮本素子句集

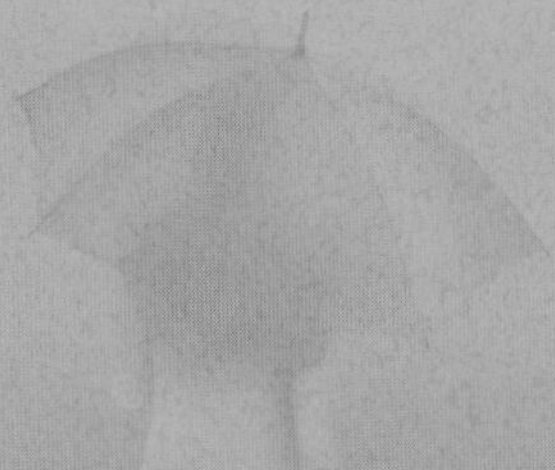

ふらんす堂

# 序

「あ、コゲラがいる」

綱島公園に入り、木立の中の坂道を登り始めたところで、素子さんが声をあげた。素子さんの指さす方を見上げると、白い縞模様の目立つ小柄な鳥が梢をせわしなく動き回っている。耳を澄ますと木をつつくドラミングがかすかに聞こえた。

まだ新型コロナウイルスを知らなかった五年ほど前のことだった。年末の一日がぽっかり空いたので、私と同じ東横線沿線に住む数人と小さな吟行をした。綱島公園は私のいつもの散歩コースなのに、啄木鳥の仲間がいることなど思いも寄らなかった。若い頃からバードウォッチングが好きだったという素子さんには、コゲラを見つけることくらい朝飯前だったのだが、私は素子さんをすっかり尊敬してしまった。

私はその後、綱島から隣の駅の大倉山に引っ越し、散歩コースも綱島公園から大倉山公園に移ったが、木々が葉を落す頃にはコゲラを見つけることができるようになった。そして、コゲラを見ると決まって素子さんを思い出す。餌を探して木をつつくコゲラの姿が、俳句の材料を見つけて歩く素子さんの姿に重なって見えるようになった。

素子さんの俳句は都会的である。都会の公園でコゲラを見つけるように、都会に暮らす毎日の生活の中で四季の移ろいを感じとり、俳句の材料を見出す。こんなところにも材料があったかと膝を打って感心する楽しみが素子さんの俳句にはあふれている。

休講の九十分を緑陰に
割勘に集まる小銭秋暑し
営業部出払つてゐる雷雨かな
偉くない順に捺印更衣
インタビューテープの最後蟬時雨
ドアマンの大きな傘や冬木の芽
あいまいな主婦の小遣ひアイスティー

短夜のジャンクフードに指汚す

学生生活、会社生活、結婚生活、素子さんが生きてきた人生の場面がいきいきと浮かび上がる。それぞれの作品に、目が利き、季語が働いている。だから読者は、読者自身の人生のあの場面だと思い出せそうな共感を覚えるのだ。俗っぽいこともさらりと詠んでユーモアがあり、誰もががんばって生きていると感じられる世界が描かれている。

なかでも私が特に心を打たれた素子さんの俳句を挙げてみよう。

次に来る波は大波多佳子の忌
スケボーが颪の尖端五月来る
春夕河岸は決めずに待合はす
春虹のほとりに傘を忘れけり
つなぎし手離れて春を惜しみけり

どの句にも素子さんの主観が息づき、素子さんらしい個性が表れている。多佳子忌の句には、多佳子の生き方への憧れとともに、自分の人生に待ち受けるものに対する期待と覚悟が詠われている。スケボーの句は「風の尖端」に清新な勢いがある。まるで作者自身がスケボーで疾走するようだ。

「春夕」以下の三句は、三ヶ月続けて私の選ぶ「鷹」の推薦句に入った。素子さんの俳句が進境著しかった時で、その作者像が私の中でひと月ごとに大きく羽ばたいた。そして、素子さんは二〇一六年度の鷹新葉賞を射止め、鷹の実力俳人の仲間入りをしたのである。

春夕の句、行く店を決めずに待ち合わせることとは、気の置けない相手ならあることだが、「河岸は決めずに」と言ったことで味わいが深まった。春虹の句、雨があがったせいで出先に傘を忘れてきてしまった。気づいて振り返ると、その方向に虹が立っている。「春虹のほとり」という捉え方が朗らかで、そこにいたさっきまでの出来事が、忘れた傘とともにもう懐かしい思い出になっている。

最後の句はほのかなさびしさが胸に沁みる。去りゆく春を惜しむ気持ちが駆け出して、つないでいた手がいつの間にか離れていた。人とつながっている幸せを感じて生きていても、ふとした時に一人きりで世界に向き合っていることに気づくことがある。そのような時にこそ、詩は人の心に降りてくるものだろう。

句集名の「ミニシアター」は素子さんの挙げた候補の中から相談して選んだ。

秋の夜のミニシアターのロビーかな

商業映画が観客動員を競うシネコンではない。一握りの映画ファンの心を満たす作品を選んで上映する小さな映画館なのだ。秋の夜のロビーには、これから出会う映画への期待が、あるいは見終わった感動の余韻が、静かなさざなみをなす。
この句集を読む楽しみは、ミニシアターに通う楽しみに似ている。映像と音響とストーリーの迫力で観客を圧倒する大作より、観客の生き方にそっと寄り添うような佳品を揃えてファンを迎える。ミニシアターを出る客は、いつもと変わらない世界がいつもより親しみを増して見えることに気づくのである。

二〇二三年七月

小川軽舟

# ミニシアター＊目次

# 句集　ミニシアター

宮本素子

# Ⅰ　街角（一九九八〜二〇一三）

葉桜や日をはね返す腕時計

落し文掌に転がして地に戻す

初夏や調剤室の小抽斗

さくらんぼ食べて小鳥の心持

複写して増やす楽譜や麦の秋

休講の九十分を緑陰に

次に来る波は大波多佳子の忌
とびきりの辛口カレー夏きざす

麻服を遣らずの雨に濡らしけり

ががんぼや喪服の上に割烹着

夕凪やグラスに残るラム酒の香

端居して夫若き日の武勇伝

虹二重なりパスポート更新す

リモコンの多き部屋なり熱中症

子に聞かす河童の話盆休

割勘に集まる小銭秋暑し

秋暑し文豪は髭蓄へて

朝顔や甘く焼きたる玉子焼

窓辺より猫動かざる野分かな

長男で生真面目すぎて草の花

色変へぬ松キャンパスの案内図

小鳥来て午後の講義の始まりぬ

爽籟やベイブリッジを船ぐぐり

かりがねや母に短き電話して

けらつつき雨後の切株にほひけり

古書市の立つ境内や新松子

鵙日和父の部屋より墨匂ふ

十月や学生街の牛丼屋

小上りの客のささめく時雨かな

無伴奏チェロ組曲に山眠る

風呂吹や時給十円昇給す

木菟や夜に大いなる山の影

草屋根に影を寄せ合ひかじけ鳥

薄れたる火傷の痕や近松忌

しくじりし日や沢庵を噛めば音

街角をリムジン曲がる聖夜かな

御降や紙に移れる漆器の香

秒針の規則正しき寒さかな

マフラーや白髪混じれる無精髭

抜け道の路地から路地へ寒明くる

目刺より抜きたる藁の湿りかな

吸口の山椒香る春しぐれ

亀鳴くやタブロイド紙の大見出

昼灯す市の食堂春遅し

菜の花へ飛び込むファウルボールかな

玄関に出す寿司桶や桃の花

腹ごなしがてらの外湯夕蛙

ゴーフルと熱き珈琲三鬼の忌

春服やランチタイムの丸の内

桜蘂降る門前の菓子司

葉桜や暗渠の上の遊歩道

葭切や広がりきつて水脈消ゆる

蛇苺納屋に自転車錆びにけり

新緑や雨後騒がしき雀どち

弟が父に似てくる夏帽子

夏の月運河は海に尽きにけり

夜濯やドラマの次回予告編

炎天に喫水線を晒しけり

三伏や所作に隙なき京女

腹這ひに本読んでをり遠花火

# Ⅱ　二次会（二〇一四〜二〇一五）

スケボーが風の尖端五月来る

上枝より雨後の雫や愛鳥日

雨の日はスタンプ二倍新生姜

珈琲に渦巻くミルク五月病

うながされ膝をくづしぬ夏椿

父の日の笑点を観て暮れにけり

社史編纂室に風入れ蔦若葉

営業部出払つてゐる雷雨かな

荷揚港引込線の灼けてをり
フロントをベルに呼びたる夏炉かな

耳搔は家族共有夕端居

ハンカチを掌に壇上へ上がりけり

スケッチに鷗描き足す晩夏かな

自治会の守る名水萩の花

犬蓼やむかし女衒の来し畷

団栗や巣箱のやうな投句箱

目薬のあとのまばたき小鳥来る

秋燕やフェンスに傘を掛けて干す

寝不足の果の眠りや秋の雨

世阿弥忌や日暮に遅れ灯をとぼす

夕霧や船笛届く楽屋口

ZIPPOの炎まつすぐ無月なり

桃剝きぬ真つ直ぐな髪耳にかけ

夕刊の差しある戸口柿紅葉

魚政に頼む舟盛菊日和

昼灯すソープランドや秋湿り

歓楽街凩が人誑かす

フェラーリが女を拾ふ冬木かな

ハンガーを滑るブラウス神の留守

糠雨に昂る炎菊を焚く

梟の細目や父を諫めし日

ぬけぬけと青き空なり焚火跡

二次会に行く輪行かぬ輪冬の月

義士討入の日なり京急線赤き

屋根のなきプラットホーム初景色

寒晴や市役所通だだつぴろ

悴めり目印の本胸に抱き

考へを止めざる脳や息白し

雀呼ぶ米の白さや春隣

新駅の完成模型日脚伸ぶ

早梅や男を待たせ引く神籤

絹糸にひかり走れる初音かな

ひと振りに香る七味や午祭

受験生雷門を見て帰る

早春の空に水棹を引上ぐる
ブライダルサロンは二階花ミモザ

教へ方教はつてゐる四月かな

海猫渡る引潮に岩乾きたり

花筵上司の妻として坐る

家庭欄切り抜いてゐる日永かな

緑さす親族控室の窓

献血のあとの昼食街薄暑

転た寝に冷えし腕や雨蛙

板ガラス立てて運べる盛夏かな

雨止みの明るき空や夏料理

消ゴムにノート破けし暑さかな

熱帯夜ネット社会の無辺なり

祈祷所に上がる白靴揃へけり

# Ⅲ　ドアマン（二〇一六～二〇一七）

パティシエのひつつめ髪や夏に入る

レセプション始まる画廊花水木

色街の中の教会夏落葉

旱梅雨口金馬鹿になりにけり

薫風や二間続きに宗和膳

釣人の帰り仕度や合歓の花

偉くない順に捺印更衣

配当の減りたる株やキャベツむく

星涼し最上階のバーに待ち

男手の余つてゐたる祭かな

冷酒や同じ苗字の氏子たち

出始めの微温きシャワーに砂流す

民宿の畳ざらつく昼寝かな

火取蛾や帰寮に名札裏返す

人通りまばらな午後や氷旗

夕焼の橋や銀座へ屋台引く

火蛾舞ふやボクサー打たれても前へ

竹婦人暗がりに目の慣れてきし

涼しさや観劇の夜のネックレス

波打つて乾きしノート夜の秋

インタビューテープの最後蟬時雨

秋はじめピロティに雨遣り過ごす

朝顔や家族は同じ鍵を持ち
踊りつつ赦す心を取り戻す

朝顔や石鹸白き外流し

撮つてから食べるカフェめし水の秋

パレードに進む戦車や秋日濃し

初鴨や滲みて乾く水彩画

予定なき金曜の夜の胡桃かな

広島へ立ち寄る旅程水の秋

アトリエの窓は北向き黒葡萄

啄木鳥や山のホテルの読書室

秋空やひとりで過ごす昼休

船旅に覚えしダンス鳥渡る

煙突の下に銭湯秋の暮

顔の泥拭へる騎手や冬木立

大道具ばらして運ぶ小春かな

石蕗咲くや大先生の診療日

夫より先に出勤霜柱

初雪や楽団員にバス埋まる

字幕より長き台詞や漱石忌

書き出しの浮かんで来たる小春かな

から風や川を境に過疎の町

剃刀を売る自販機や避寒宿

寒暁やシャッター上げて始発駅

着ぶくれて赤の他人の絵馬を読む

人間がいちばん怖い枯野かな

店子老い大家老いたり青木の実

煤逃や楽器眩しき楽器店

寒月や時間つぶしのドーナツ屋

底冷の講堂臨時保護者会

ドアマンの大きな傘や冬木の芽

冬萌や抽選前の宝くじ

くつさめやシャッター通り抜けて駅

日脚伸ぶ道草好きな犬の鼻

春隣県庁舎より海見えて

タクシーの入り来る路地や夜の梅

恋猫やすぐ食べ終はる店屋物

袂より白檀の香や針供養

春泥や雲の流れに照り翳り

春めくや公募に決まる仔象の名

不意に倦む二人暮しやクロッカス

新社員ビルの谷間に星さがす

花冷や一夜のためのカードキー

プレハブの漁協事務所に孕猫

春宵のトランペットの音熱し

海から見るみなとみらいや春の風

花冷の肩寄せメニュー選びをり

紙貼つて臨時休業種物屋

朝寝せり寝癖の髪の好き勝手

春闘のバッジを胸にレジ打ちぬ

春夕河岸は決めずに待合はす

着陸の前の旋回夏隣

春虹のほとりに傘を忘れけり

百千鳥伸びして手足目覚めさす
つなぎし手離れて春を惜しみけり

# Ⅳ　秋　扇（二〇一八～二〇一九）

立て膝にコーチを囲み夏兆す

水吐かせ巻き取るホース芝青し

亀待たせ洗ふ水槽梅雨晴間

蔦茂る神田の小さき広告社

新樹の夜榻背引かれ坐りけり

父の日や夜風抜けゆく外野席

風あるかなきかの午後や心太

乱歩忌や雨ぬらぬらと坂に照る

蓮見舟降りて此の世に立ちにけり

航跡を過る航跡南風

雲の峰湾岸線をバイク便

夏帯やくいと飲み干す養命酒

任地より戻りし夫や扇風機

涼しさや星に近づく昇降機

雨戸繰る音に目覚めし帰省かな

夏雲や手ぶらに訪へる友の墓

あいまいな主婦の小遣ひアイスティー

夏の果帆柱に雲流れけり

削りたる山肌朱き晩夏かな

秋燕や手帳に印す出勤日

新宿アルタ前の雑踏星の恋

秋扇バブル時代を懐かしむ

庭に切る束子の水や今日の月

秋ともし卓布は次の客を待つ

早起きに午前の長し小鳥来る

圏谷に鳴りたる風や草紅葉

落鮎や灯をほのぼのと山の宿

見送りに行かず霧笛を聞いてをり

数珠玉や人寄せ付けぬ川の嵩

病院のバスロータリーきりぎりす

明りなき日曜のビルすがれ虫

冬ざれや波の分厚き九十九里

駅前の塾とコンビニ日短

残業の人の空席年忘

駐車場カート置場の寒暮かな

冬の川ロケスタッフの散らばれる

東京に広き空ある参賀かな

雪雲の迫れるハーフタイムかな

姿見に母と映れり笹子鳴く

スノーボーダー着地に影を取り戻す

解かずに切る結び目や冴返る

春月や間をおかず入る家の風呂

切株に南中の日や鳥の恋

バーベキューコンロの余熱春の星

電子基板めきたる都市や春の月

冴返る川面小暗き日本橋

淡雪や演説囲む輪の厚き

春の雪辞令に広き余白あり

数こなし覚ゆる仕事燕来る

春装のハープ奏者の腕かな

干して直ぐ乾くエプロンつばくらめ

城郭は街に愛され春の水

# V　夜の匂（二〇二〇～二〇二二）

腕が出て駐車券取る若葉かな

葉桜やトランク開く曲芸師

空広く描く構図や青嵐

夕薄暑レシピ検索サイト繰る

放流の前のサイレン谷若葉

シャーペンの芯散らばれる雷雨かな

鉄線花雨の止み間に布巾干す

ボルゾイの寝そべるタイル夏館

思ひ切り映画に泣きて月涼し

雨を来て鱧の骨切り聴きにけり

月涼しシャンプー違へ姉妹

短夜のジャンクフードに指汚す

遠泳の海より上がり水欲す

夜濯のラジオ雑音拾ひけり

妻を得て汗輝かす男かな

樹から樹へ風音渡る捕虫網

ペットロス髪洗つても洗つても
夜目利いて星の増えたる河鹿かな

ジューサーに果肉微塵や朝曇

時差出勤すでに道路が灼けてをり

今朝の秋トング鳴らしてパンを選る

入選の絵に貼るリボン涼新た

颱風が来る床の間に将棋盤

朝顔やテレビ会議に声を張り

旅先に探すポストや猫じやらし

かまどうま前世は魔女に仕へしと

木犀や首手拭ひに家具運ぶ

秋の夜のミニシアターのロビーかな

文化祭張りぼて焼べて了りけり

鍋に水張りたる釣瓶落しかな

レモン切り一人の夜を明るうす

ラジコンカー足にこつんと秋の暮

こども食堂灯れる釣瓶落しかな

立冬や白きにほひの歯科医院

冬麗や輝き落つるコイントス

床延べて了る一日や白障子

片時雨フードをひよいとかむりけり

水底に薄日の届く冬至かな

スマートフォン湯ざめの顔を照らしをり

くつさめを外階段に響かする

松ぼつくり種火としたる霜夜かな

夜神楽や木つ端を燃やす一斗缶

空急ぐヘリコプターや干蒲団

校庭の大きな日向冬休

顔同じ玩具の兵士冬籠

セーターの子役少女の長台詞

年用意ころころ笑ふ母がゐる

ＥＴＣレーンを抜けて初山河

女正月ばらばらの椅子寄せ集め

寒立馬赦す目をもてわれを見る

空晴れて冬の居座る川景色

町に楽流れて五時や春隣

立春や著者を称へて本の帯

沈丁花センサーライト闇濃くす

雪解や人住む家にガスボンベ

愛の日の杙に鷗が一羽づつ

春浅し手のクリームに夜の匂

風呂敷に戻す書類や春寒し

自画像の不機嫌な吾卒業す

恋猫や夜更けに回す洗濯機

蔵の戸の観音開き鶴帰る

文字小さきＳＦ文庫春の雨

蜜蜂や教会囲む茨垣

風信子謝る母に腹が立つ

突つ立つて見上げてゐたる桜かな

玄関の昼の暗さや花疲

桜蘂ふるや殺陣師の京ことば

柳の芽雨後の夕日のほのかなり

若芝を踏み踏みフラを踊りけり

棟梁の居残り仕事春灯

水草生ふ教室ごとに時間割

辞書抜きて倒るる本や暮の春

# あとがき

広告の仕事をしていた時に資料として手に取った歳時記。それが俳句との出会いでした。日本語には、季節を十七音にする要としての言葉が、こんなにもあったのかと圧倒され瞬く間に魅了されてしまったのです。

句集上梓に際しては、小川軽舟先生に選句、序文を賜ったうえ、句集名の相談にまで乗っていただきました。深くお礼申し上げます。また、句をまとめながら、日々の俳句活動をご一緒してくださっている諸先輩と句友の皆さまへの感謝の思いが沸々と溢れ、これが句集をまとめることで得られる貴重な体験の一つなのだと実感しました。俳句のコンディション次第で機嫌がコロコロと変わる私を、懲りることなく応援してくれる夫に対しても、日ごろは口にできない感謝を伝えたいと思います。

句集名は「秋の夜のミニシアターのロビーかな」からとりました。この句集の中の一句が、ミニシアターで上映される映画のように、どなたかの心に届いたら嬉しいです。

二〇二三年　夏

宮本素子

## 著者略歴

宮本　素子（みやもと・もとこ）

1964年７月　栃木県足利市生まれ
1998年　「月刊ヘップバーン」入会
2006年　「月刊ヘップバーン」解散後、後継の「俳句座☆シーズンズ」発足入会（2014年退会）
2011年　「鷹」入会。小川軽舟に師事
2015年　「鷹」同人
2016年　第35回「鷹」新葉賞受賞
俳人協会会員

現住所
〒223-0062
神奈川県横浜市港北区日吉本町3-20-32

句集　ミニシアター　みにしあたー
二〇二三年九月三〇日　初版発行
著　者——宮本素子
発行人——山岡喜美子
発行所——ふらんす堂
〒182-0002 東京都調布市仙川町一—一五—三八—二F
電　話——〇三（三三二六）九〇六一　FAX〇三（三三二六）六九一九
ホームページ http://furansudo.com/ E-mail info@furansudo.com
振　替——〇〇一七〇—一—一八四一七三
装　幀——和　兎
印刷所——日本ハイコム㈱
製本所——日本ハイコム㈱
定　価——本体二五〇〇円＋税
ISBN978-4-7814-1594-9 C0092 ¥2500E